Ce livre appa

Nom : Capucine

Adresse :

Offert par :

Marie (Marraine)

le 18 février 201...

martine

à la montagne

d'après les albums de Gilbert Delahaye et Marcel Marlier

Martine, Françoise,
Jean et Patapouf
viennent passer
leurs vacances
de Noël à
la montagne.

MARLIER

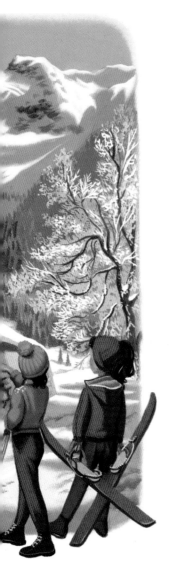

De la gare,
une voiture
les emmène
à leur chalet.
On décharge
rapidement
les valises et
on s'installe !

En avant ! Sur la piste
de ski !
Le téléphérique se met
en marche. On dirait
une grosse araignée qui
se promène sur son fil...
De là-haut, le chalet
paraît minuscule.

Sur la piste, Martine,
Françoise, Jean et Patapouf
font connaissance avec
leur moniteur.

— Bonjour les enfants !
Nous allons commencer par
nous échauffer grâce
à quelques exercices
de gymnastique.
Une, deux... une, deux...
Très bien !

— Nous pouvons maintenant
faire une petite descente
pour nous mettre en train.
Martine attend le signal
du départ. Des deux mains,
elle s'appuie sur ses bâtons.
Elle prend son élan
et... hop !
La voilà partie.

15

Le chemin descend
à toute vitesse entre
les sapins. Martine est
très concentrée.
Patapouf court derrière
elle comme un fou.

Il rattrape son amie.
Il a de la neige plein
les yeux, les narines,
les oreilles…
Attention, Patapouf !

19

C'est la chute. Quelle
pirouette !
Martine se relève,
très en colère.
Elle remue un bras,
une jambe : rien de cassé.
Heureusement !
Elle peut reprendre
la course.

La voilà qui glisse à droite,
à gauche, entre les drapeaux
multicolores. Tout essoufflée,
elle franchit la ligne d'arrivée.

Hourra !

Et si on faisait une petite
partie de luge maintenant ?

Le soir approche déjà.

— Prenons le télésiège et

rentrons au village,

dit Martine.

Patapouf s'est blotti sur

les genoux de sa maîtresse.

Le vent les berce

doucement dans les airs.

25

Sur le chemin du
retour, les enfants trouvent
une chèvre esseulée.

— C'est celle du fermier, dit Martine. Ramenons-la à son étable. Elle risque de se perdre en montagne.

Le propriétaire
de Barbichette est ravi.
Il propose aux enfants
de les raccompagner
chez eux.
Dans un traîneau tiré
par un cheval !
Comment refuser ?

Le lendemain, le lac est gelé.

— On dirait un miroir,

s'exclame Jean.

Vite ! Chaussons nos patins !

Martine s'élance sur la glace

avec Françoise.

Patapouf fait des acrobaties.
Il a bien du mal à rester en
équilibre sur ses pattes.

Martine et ses amis décident
d'escalader la montagne.

— Venez-vous avec nous ?
demande Martine au berger
du village.

— Oh non ! ma petite fille.
Je suis vieux, et il fait bien
trop froid là-haut.

Au sommet, une famille
de daims accueille les
courageux sportifs !
Mais voilà que la neige
se met à tomber.
Patapouf est transi
de froid.
Par bonheur, un refuge
se trouve à quelques pas.

— Entrons nous reposer, dit
Martine. Je vais allumer un
feu de bois.

La chaleur emplit rapidement
la pièce.

Jean souffle dans son
harmonica. Chacun se met
à chanter :

« Là-haut sur la montagne,
il y a un beau chalet… »

http://www.casterman.com
D'après les personnages créés par Gilbert Delahaye et Marcel Marlier / Léaucour Création.
Imprimé en Chine. Dépôt légal : Janvier 2010 ; D. 2010/0053/18.
Déposé au ministère de la Justice, Paris (loi n° 49.956 du 16 juillet 1949
sur les publications destinées à la jeunesse).
ISBN 978-2-203-02908-8